PREMIÈRES FLEURS

PAR

Émile DANIEL

BEAUVAIS

Typographie de D. Père, rue Saint-Jean

1876

Y

PREMIÈRES FLEURS

PAR

Emile DANIEL.

BEAUVAIS

Typographie de D. PERE, rue Saint–Jean.

1876.

PREMIÈRES FLEURS.

Oh¹ vous qui dans les vers, scrutant chaque pensée,
Demandez l'élégance, et la grâce et le soin ,
Critiques à la mine austère et compassée
Fermez vite ce livre et n'allez pas plus loin.

Car ce n'est pas à vous que ma muse s'adresse ;
Elle n'a pas écrit pour la postérité,
Et ses premières fleurs d'amour et de jeunesse,
Comme un regard craintif, veulent l'obscurité.

Mais vous, dont la bonté parle au cœur du poète,
Qui le plaignez parfois, ne le blâmez jamais,
Vous, bel ange d'amour, dont ma muse indiscrète
A chanté tant de fois la grâce et les attraits,

De ce livre, à vos pieds recevez l'humble hommage,
Et laissez-moi toujours la douce illusion
De croire qu'au moment de tourner cette page,
Vous n'avez pour mes vers qu'indulgence et pardon.

LE BERCEAU INDIEN.

L'antilope rapide errait dans la Savane,
Le colibri chantait sous l'humble bananier.
On voyait serpenter la flexible liane
    Sur le tronc du palmier.

Ce géant des forêts, cet arbre séculaire
Elevait noblement son front majestueux,
Tandis qu'il enfonçait fortement dans la terre
    Ses longs pieds tortueux.

Ses feuilles inclinaient leur tête sous la brise.
Leurs voix se confondaient en un gémissement
Pareil au chant plaintif de l'onde qui se brise
    Sur le roc écumant.

A l'ombre de cet arbre, orgueil de la nature,
On voyait un berceau mollement balancé,
On entendait aussi le gracieux murmure
    D'un rythme cadencé.

Une mère indienne était là, sous l'ombrage,
Qui veillait sur son fils endormi sous ses yeux,
Et faisait retentir ce verdoyant bocage
    D'un chant harmonieux.

L'enfant, les yeux fermés, la bouche demi-close,
Dans son léger berceau dormait paisiblement,
Et parfois, se plissant, sa lèvre fraîche et rose
    Souriait doucement.

Sans doute, il devait voir un ange tutélaire
Qui se tenait penché sur son beau front si pur,
Et qui le contemplait; puis d'une aile légere
    Remontait dans l'azur.

Sa mère se tenait à ses côtés assise,
Veillant à ce que rien ne troublât le sommeil
De l'enfant qui dormait au souffle de la brise,
    A l'abri du soleil.

Ses yeux, illuminés d'une céleste flamme,
Brillaient de cet éclat que donne le bonheur.
On voyait reflétée, en ce miroir de l'âme,
    L'image de son cœur.

« Sommeille, mon enfant, » disait la tendre mère,
Balançant de la main l'étroit berceau d'osier;
« Nous attendrons ici le retour de ton père,
    « A l'ombre du palmier.

« Il partit ce matin, prenant sa carabine,
« Pour chasser dans nos bois le bison et le daim.
« Il me semble déjà le voir sur la colline
    « Chargé de son butin. »

On voyait en effet, sortant de la clairière,
Un jeune guerrier descendre du côteau.
Il s'arrêtait parfois, contemplant sa chaumière
    Et le petit berceau.

C'était le Bison noir, le chef de la Savane
L'Epoux de Nélidah, la fleur de la forêt.
Il revenait trouver dans sa pauvre cabane
    Les êtres qu'il aimait.

L'enfant se réveilla sous le baiser d'un père.
En entr'ouvrant les yeux il sourit doucement,
Et tendit aussitôt vers le sein de sa mère
    Ses petits bras d'enfant.

Ils restèrent plongés dans une douce ivresse,
Par une même étreinte enlacés tous les trois,
Et tous trois célébrant leur profonde allégresse
    Au milieu des bois.

LA SOURCE.

Des flancs d'une roche profonde,
Dans un frais et riant vallon,
Une source répand son onde
Frémissante sur le gazon.

Le roc, orné de saxifrages,
Incline leurs frêles rameaux,
Pour mettre à l'abri des outrages
L'éclatant cristal de ses eaux.

On dirait qu'il étend une aile
Au-dessus du sombre bassin
Pour retenir l'onde infidèle
Qui veut suivre un autre destin.

Mais c'est en vain : souple et légère,
Elle s'échappe en jaillissant,
Et vient retomber sur la terre
En perles d'or et de diamant.

Coulant alors, limpide et pure
En mille détours sinueux,
Elle gazouille ; et son murmure
S'élève et monte vers les cieux

Elle se glisse sous l'ombrage
Des chênes aux bras tortueux.
Elle baigne sur son passage
Les vieux saules aux troncs noueux.

Les fleurs entr'ouvent leurs calices ;
Elles se penchent sur ces flots,
Et s'abreuvent avec délices
Dans le pur cristal de ces eaux.

L'oiseau se pose sur la branche
Que le vent berce mollement.
Tour à tour sur l'onde il se penche
Et se relève en gazouillant.

En ce moment de la charmille
On voit la feuille s'agiter :
C'est une belle jeune fille
Qui s'avance d'un pas léger.

Elle plonge dans l'eau rapide
Ses pieds mignons et gracieux ;
Tandis que de sa main humide
Elle déroule ses cheveux.

Elle a la beauté, la jeunesse.
Rien ne trouble son front si pur.
On croirait voir une déesse
Se baignant dans des flots d'azur.

Elle frappe l'onde elastique,
Qui rejaillit en bondissant.
Sous le petit berceau rustique
Elle s'enfuit en souriant.

Tout inspire la rêverie :
Ces arbres, ces fleurs, ces oiseaux
Et cette nymphe si jolie
Qui se balance au sein des eaux.

Et pourtant, toujours vagabonde,
Dédaignant les baisers des fleurs,
La source déroule son onde
Et quitte ces lieux enchanteurs.

Mais, hélas! c'est la plaine aride
Qui vient succéder aux bosquets.
C'est une plaine immense, avide,
Qui se déroule désormais.

L'onde, la fraîcheur, le feuillage,
Tout disparaît en un instant.
Tout a passé comme un nuage
Emporté sur l'aile du vent.

En voyant la source tarie,
Je vins à penser, malgré moi,
Que le fleuve de notre vie
Subit aussi la même loi.

Nous aussi nous quittons la source,
Le berceau de nos premiers ans.
Nous précipitons notre course
Pour jouir de notre printemps.

A peine sortis de l'enfance,
Nous nous élançons tout joyeux,
Ouvrant nos bras à l'espérance,
Formant et reformant des vœux.

Et lorsque sur notre passage
Nous rencontrons une humble fleur,
Aucun de nous n'est assez sage
Pour s'arrêter à ce bonheur.

Nous espérons, folle jeunesse,
Trouver des plaisirs bien plus doux ;
Et nous laissons, dans notre ivresse,
Le vrai bonheur qui s'offre à nous.

A l'appât des plaisirs factices
Nous laissons prendre notre cœur.
En satisfaisant nos caprices,
Nous croyons avoir le bonheur.

A la fin de notre carrière
A notre tour nous arrivons ;
Et là, regardant en arrière,
Que d'amers regrets nous avons !

Espoir, illusions, jeunesse,
Tout a disparu pour jamais.
Sœur de la mort, c'est la vieillesse
Qui vient nous glacer désormais.

SONNET.

A une jeune fille qui lisait le *Dernier des Mohicans.*

Pourquoi dans vos beaux yeux cette larme brûlante?
Pourquoi ce front pâli? Quelle amère douleur
Fait palpiter ainsi votre âme frémissante?
Et par quelle blessure a saigné votre cœur?

Ah! ce livre, je vois, cause votre epouvante;
Ces scalps, ces tomawaks et ces scènes d'horreur;
Du dernier Mohican cette fin déchirante,
Voilà ce qui remplit votre âme de terreur.

Oubliez ces horreurs que vous venez de lire,
Croyez-moi, chère enfant, et n'allez pas maudire
Ces pauvres Iroquois, ces honnêtes Hurons.

Lorsqu'on ne verra plus sur la piste de guerre
L'Indien victorieux scalper son adversaire,
« Où trouver ce jour-là des tresses, des chignons? »

SONNET.

LA BOURSE.

Sur votre table, hier, une bourse coquette
Arrêta tout-à-coup mon regard incertain :
Ses petits glands dorés, son petit air de fête
Fascinèrent mes yeux et j'avançai la main.

Hélas! oui, je l'avoue, et votre âme inquiète,
Belle dame, longtemps l'aurait cherchée en vain :
C'était un souvenir que ma flamme indiscrète
Voulait vous arracher ; mais je songeai soudain

Que cette bourse avait, au sein de la souffrance
Prodigué bien souvent l'aumône et l'espérance ;
Et ma main respecta l'espoir des malheureux.

Mais si votre bonté donne à toute misère,
Par pitié, belle dame, écoutant ma prière,
« Donnez-moi pour aumône un regard de vos yeux. »

A UNE FLEUR.

Pauvre fleur maintenant flétrie et desséchée,
Dont j'admirais hier la beauté, la fraîcheur,
Pourquoi t'avoir ainsi de ta tige arrachée
Et ravi ton éclat et terni ta splendeur ?

Dis-moi, petite fleur, est-ce une main brutale
Qui vint ainsi ravir à l'amour de tes sœurs
Ton calice si pur à la blanche pétale,
Où de la nuit plaintive ont reposé les pleurs.

Oh ! non, tu le sais bien ; c'est la main blanche et fine
D'un ange, d'une enfant qui, d'un doigt délicat
Comme une tendre sœur, te mit sur sa poitrine,
Et fit auprès du sien pâlir ton incarnat.

C'est pourquoi je préfère, ô mignonne fleurette,
A ta splendeur d'hier, à ta suavité,
L'air triste et languissant d'un lendemain de fête
Que trahit ton calice à travers sa beauté.

Car, pour moi, tu n'es pas cette fleur éphémère
Que d'une main distraite on arrache au buisson,
Et qu'on laisse au hasard retomber sur la terre
Comme au souffle du vent s'envole une chanson.

Tu réveilles en moi, comme un écho fidèle,
Les doux songes d'amour, les rêves d'autrefois ;
Tu me dis : « Souviens-toi, que ton cœur se rappelle ! »
Et le passé revient évoqué par ta voix.

2

SONNET.

———

Quand je vous vois ainsi si belle, si touchante,
Inclinant doucement votre front gracieux ;
Lorsque de vos beaux yeux je vois la flamme ardente
Prendre un éclat plus tendre et plus mystérieux ;

Quand j'entends votre voix, cette voix enivrante
Me murmurer tout bas des mots harmonieux ;
En vous, à cet instant, mon âme frémissante
Croit voir un séraphin venu du haut des cieux.

Mais pourquoi sur la terre, où tout n'est que souffrance,
Où tout s'anéantit et même l'espérance,
Beau chérubin d'amour, le Ciel vous a-t-il mis ?

Lorsque le détachant des célestes phalanges,
Le Seigneur parmi nous envoie un de ses anges,
C'est pour que sur la terre on songe au paradis.

LES VOIX DU SANCTUAIRE.

Quand les ombres du soir glissant au firmament,
La cloche tinte au loin l'heure de la prière,
A ce pieux appel il m'arrive souvent
De pénétrer rêveur au sein du sanctuaire.

Et là, me prosternant à l'ombre d'un pilier,
Dans les sacrés parvis de cette nef immense,
Voyant auprès de moi tout un peuple prier,
Je courbe aussi mon front et j'écoute en silence.

J'écoute ces accents, accords mélodieux,
De ces jeunes enfants dont les voix suppliantes,
Comme un parfum léger s'élevant jusqu'aux cieux,
Adressent au Seigneur des prières ardentes.

J'écoute cette voix du prêtre en cheveux blancs,
Dont le timbre affaibli, que l'on entend encore,
Pareil au chant plaintif qu'on murmure aux enfants,
N'éveille plus l'écho de la voûte sonore.

Il semble, en l'écoutant invoquer l'Eternel,
Qu'on entend une voix dont l'accent prophétique,
Pour la dernière fois, aux marches de l'autel,
Voudrait remplir encore la vieille basilique.

L'orgue prélude enfin, et son souffle inspiré
Ebranle les arceaux sous des flots d'harmonie.
La voix de l'Eternel, dans un hymne sacré,
Vient de se faire entendre à la foule qui prie.

C'est d'abord un chant pur, large, majestueux,
Qui, sous la vaste nef, lentement se déroule;
Et devenant bientôt rapide, impétueux,
Semble être le lointain grondement de la houle.

Puis tout-à-coup, ce sont de sublimes accords,
Des modulations douces, mélodieuses,
Bruissements de la mer expirant sur ses bords,
Lointains gémissements de voix mystérieuses.

O célestes accords! ô sublimes accents!
Qui faites palpiter mon âme frémissante,
Divine mélodie, ah! moi je vous comprends,
Je comprends votre voix, cette voix déchirante,

C'est la voix de mon père expirant, au tombeau,
Bénissant son enfant à son heure dernière.
C'est la voix de ma mère auprès de mon berceau
Assise, murmurant une douce prière.

Je vous comprends aussi, célestes chérubins,
Petits frères chéris qui m'aimiez tant sur terre,
Vous m'appelez là-haut, et vos petites mains
S'unissant, vous priez pour votre pauvre frère.

C'est l'appel d'un ami, disparu pour jamais,
Que j'embrassais hier, que maintenant je pleure,
Et qui, ne me laissant que tristesse et regrets,
Va m'attendre là-haut à la sainte demeure.

Enfin, je crois entendre au loin l'écho plaintif
De sons entrecoupés, de paroles funèbres,
Un murmure, un soupir, un sanglot convulsif;
Voilà ce que j'entends au milieu des ténèbres.

Ces accents, cette voix, ô surprise ! ô bonheur !
C'est toi, ma bien-aimée; oui, c'est toi qui m'appelles.
Que ne puis-je, brisant ma chaîne de douleur,
Avec toi m'élancer aux voûtes éternelles !

Mais hélàs ! c'est en vain. J'attends mon dernier jour
Comme le prisonnier attend sa délivrance.
Quand il sera venu, sur l'aile de l'amour
J'irai te retrouver au sein de l'espérance.

Là, revoyant enfin ceux que j'ai tant pleurés,
Parents, frères, amis, et chantant les louanges
De Dieu qui m'a rendu ces êtres adorés,
Nous unirons nos voix à celles des archanges

Voilà ce que j'entends sous les sombres arceaux,
Lorsque le prêtre chante et que l'orgue prélude,
Ce que m'ont répété les fidèles échos
Qui viennent pieusement charmer ma solitude.

Aussi, lorsque, accablé du poids de mes malheurs,
Je me sens défaillir, égaré par le doute,
J'accours aux saints parvis, et l'œil mouillé de pleurs,
A genoux, prosterné, silencieux j'écoute.

Ceux qui n'ont pas aimé, ceux qui n'ont pas souffert,
Ceux dont le désespoir n'a pas courbe la tête,
Ne comprendront jamais ce sublime concert.
Il faut un cœur de femme, une âme de poéte.

SPLEEN AU BAL.

C'était, il m'en souvient, une superbe fête;
Tout semblait réuni pour la rendre complète.
Les lustres suspendus aux voûtes du palais
Eblouissaient les yeux de leurs mille reflets.
Et dans cet océan, dans ces flots de lumière,
La grâce à la beauté disputait la carrière.
C'était de tous côtés galants propos d'amour
Que chacun minaudant répétait à son tour.
Ici, d'un air mutin, une brune piquante
Riposte, en provoquant d'une façon charmante.
Ses yeux noirs et profonds pénètrent tous les cœurs,
Et les indifférents sont les adorateurs.
Là, d'un air langoureux, une superbe blonde
Ecoute les fadeurs que débite le monde,
De tous ces muscadins, damoiseaux éhontés,
Qui fixent la vertu de leurs yeux effrontés.
Ailleurs, une innocente et belle jeune fille
Vient à son premier bal, c'est fête de famille,
Et les parents suivant des yeux, avec bonheur,
Leur fille qui s'éloigne au bras de son danseur,
Admirent en secret la grâce et l'élégance
De cette chère enfant, leur unique espérance.
Plus loin on voit, fuyant les regards indiscrets,
Deux amants dans un coin échanger leurs secrets.
Là bas, un vieux marquis fait danser sa comtesse :

Et, songeant tous les deux au temps de leur jeunesse,
Retrouvant sous la cendre un tison mal éteint,
Dans l'ardeur de la valse, ils se pressent la main.
Là, dans l'ombre, une belle éperdue, expirante,
Laisse prendre un baiser sur sa main frémissante,
Et, malgré les regards de son mari jaloux,
Recevant des serments, accorde un rendez-vous.
L'orchestre, poursuivant sa musique enivrante,
Entraîne des danseurs la foule délirante.
Et moi, debout, pensif au milieu du salon,
Portant subitement mes deux mains à mon front.
Je partis tout à coup d'un grand éclat de rire;
Mais d'un rire crispé que je ne puis vous dire.
Ce n'était point le rire insolent ou moqueur;
C'était le rire amer qu'on nous arrache au cœur.
En voyant près de moi cette foule inquiète
Tourbillonner fiévreuse au sein de cette fête;
En voyant ces vertus, ces altières beautés,
Repoussant les amants par leurs sévérités,
Savourer, dans les bras d'une folle jeunesse,
D'un vertige énervant la dangereuse ivresse;
En voyant ces danseurs courir, en se vantant
D'avoir pressé la main de leur dame en valsant;
En voyant des maris la figure piteuse,
Du maître de maison l'importance ennuyeuse,
J'ai ri d'eux, ri de moi, ri de l'humanité;
J'ai ri de nos travers, de notre vanité.
Et, devant ce tableau de la folie humaine,
Je me mis à penser que, voyant cette scène,
Si quelqu'un dans un bal conservait sa raison,
Il verrait comme moi des fous dans le salon.

SOUVENIR.

O vous, qui, délaissant notre toit solitaire,
Déjà bien loin de nous avez porté vos pas,
Disparaissant au loin, comme une ombre légère,
Un jour, oh ! dites-moi, ne reviendrez-vous pas ?

Ainsi qu'au sein des cieux une étoile brillante
Apparaît tout-à-coup et disparaît soudain,
Vous vîntes un instant, trop court pour notre attente,
Illuminer ainsi notre horizon lointain.

Vous nous avez quittés ! Mais, dans ma solitude,
Lorsque l'ennui rongeur parfois vient me saisir,
M'arrachant un moment aux labeurs de l'étude,
Je songe... Mon bonheur est de me souvenir.

Je me rappelle alors ces longues causeries,
Cette franche gaîté, ces mots vifs et piquants,
Et jusqu'à ces instants de douces rêveries
Où, charmé, j'écoutais du piano les accents.

Tantôt c'était ces airs de valses entraînantes
Dont vous savez si bien moduler les accords ;
Tantôt c'était ces chants, ces plaintes expirantes
Que la vague murmure en mourant sur ses bords.

Ah ! qu'ils sont déjà loin ces jours où, sous l'ombrage
Des vieux lilas en fleurs, assis dans le jardin,
Nous unissions nos chants à votre babillage
Que seul interrompait votre rire argentin !

Hélas ! tout a passé comme fuit dans l'espace
Le nuage emporté sur les ailes du vent;
Comme l'onde qui roule et jamais ne repasse
Aux bords d'où sans retour l'emporte le courant.

Oui tout a disparu : mais au fond de mon âme
J'ai gravé pour toujours ces instants de bonheur.
Et comme un doux parfum, comme une pure flamme,
Ces souvenirs vivront à jamais dans mon cœur.

L'OPTION.

J'ai vu mes trois enfants voler avec courage
Au secours du pays, de l'Alsace en danger.
Ils sont tombés tous trois dans un jour de carnage
N'ayant pu la sauver d'un honteux esclavage.
    Oh ! je hais, je hais l'étranger.

J'ai vu ces Allemands, ces Prussiens infâmes,
Teints du sang de mes fils qu'ils venaient d'égorger,
Apporter dans nos murs et le fer et les flammes,
Ecraser sans pitié les enfants et les femmes.
    Oh! je hais, je hais l'étranger.

J'ai vu dans les débris de ma maison fumante,
Ma fille, pauvre enfant qu'ils voulaient outrager,
S'échapper de leurs bras éperdue, expirante,
Et mourir au milieu d'une fournaise ardente.
    Oh! je hais, je hais l'étranger.

Et maintenant, mon Dieu, n'ayant plus d'espérance,
Remettant à vous seul le soin de me venger,
Je quitte ce pays, berceau de mon enfance :
Je veux rester Français, je veux mourir en France,
    Et ne pas être un étranger

ANGE & DÉMON.

Tandis que du bosquet sous les arceaux en fleurs
Assis à tes côtés sur l'herbe frémissante,
De la nuit étoilée admirant les splendeurs,
J'aspirais de tes chants la langueur enivrante,
Que vaincu par l'éclat de ton regard si doux
Le cœur rempli d'espoir, d'amour et de jeunesse
Je laissais reposer mon front sur tes genoux,
Mollement emporté dans une douce ivresse;
Dans ce demi sommeil il me sembla soudain
Voir glisser sur ta lèvre un étrange sourire;
Et lorsque sur mon cœur tu vins poser ta main
Un frisson douloureux, le frisson du délire
Comme un rapide éclair m'étreignit tout entier:
Et je sentis alors sous ta main blanche et fine
Se raidir comme un dard, une griffe d'acier
Dont les crochets aigus déchirant ma poitrine
Dans mon sein palpitant se tordaient enfoncés:
De tes cheveux flottants les boucles gracieuses
Me semblaient des serpents dont les anneaux glacés
Sans cesse déroulaient leur masse sinueuse.
Ils glissaient sur mon front silencieux, rampants,
Entrelaçant mon cou dans un collier flexible,
On eut dit qu'ils voulaient sous leurs replis mouvants
M'étouffer à jamais dans une étreinte horrible.
Epouvanté, vers toi je levai mon regard,

Tes lèvres s'agitaient d'un rire satanique
Et ton œil froid et dur comme un coup de poignard,
Traversa mon cerveau d'un éclair magnétique.
Je tressaillis... Les rayons argentés
De la lune filtraient à travers le feuillage :
Je te revis encore assise à mes côtés
Et penchant sur mon front ton gracieux visage.

Avais-je donc rêvé? Mon cerveau délirant
Etait-il le jouet du plus horrible songe?
Cette griffe d'acier, ces anneaux de serpent,
Ce regard de démon, n'était-ce que mensonge?
Non! je n'ai point rêvé; non, non, dans mon sommeil
J'ai vu la vérité jaillir en traits de flamme.
Et toi qui souriais candide à mon réveil,
Va! tu n'es qu'un démon sous les traits d'une femme.
O Circé! Dalilah! ô funestes beautés,
Malheur à qui connût vos amours délirantes;
Ces amours de tigresse où sous les voluptés,
Vous avez déchiré des âmes frémissantes.
Ah! combien j'en ai vu de ces infortunés
Poètes, orateurs, écrivains de génie
Que par un seul regard vous avez enchaînés
En tuant leur talent, mais leur laissant la vie.
Et qu'en avez-vous fait de ces dons précieux,
Amour et poésie, espérance, jeunesse,
Vous les avez flétris d'un regard de vos yeux,
Ils étaient les jouets d'une folle maîtresse.
Pauvres infortunés qui croyaient à l'amour,
A l'amour qui devait féconder leur génie.
Ils pleurent maintenant disparus sans retour
Leurs talents emportés dans le sein d'une orgie.

'PAR UN TEMPS DE PLUIE.

La pluie, en sifflotant comme un fouet sur la vitre,
D'une voix enrhumée, entonne son refrain.
Dehors, chaque passant, sous son écaille d'huitre,
Cherche à se garantir et poursuit son chemin.

La nuit vient à grand pas. Il fait froid; il grésille.
Le flâneur attardé regagne son logis;
Attendant le dîner, au foyer qui pétille
Je me chauffe, ennuyé, dans mon fauteuil assis.

C'était l'heure autrefois où, tandis qu'en colère
Les dogues au jardin ne cessaient d'aboyer,
Je venais écouter les contes de grand'mère
Assis sur ses genoux, dans un coin du foyer.

C'était, il m'en souvient, toujours la même fable :
Un enfant égaré la nuit dans un grand bois,
Qui rencontrait un loup. Ce loup c'était le diable.
L'enfant le faisait fuir en se signant deux fois.

Ah! je vous vois encor, ô ma bonne grand'mère,
Tournant votre rouet ou vos légers fuseaux,
Tandis qu'auprès de vous, dans la grande volière,
Gazouillaient à l'envi tous vos petits oiseaux.

Moi, rêvant aux poissons, faisant des maisonnettes,
Je guettais le moment et courais au jardin;
Tandis que, regardant par-dessus vos lunettes,
Vos yeux cherchaient partout votre petit lutin.

Je vois mon vieux grand-père et sa pipe d'écume
Qu'il venait tous les soirs fumer au coin du feu.
Ah! je ne puis, hélas! songer sans amertume
Au temps passé si bon, mais qui dura si peu.

Un jour il me sembla, quand j'entrouvris la porte,
N'entendre plus le chant du rouet familier.
J'entrai timidement. « Bonne grand-mère est morte, »
Dit grand-papa pleurant; « pour elle il faut prier. »

Et cette pipe aussi, cette pipe si chère,
Trois jours entiers resta sur le bureau noirci.
« Enfant, dit grand-papa, je vais trouver grand-mère.
« Tu prieras pour nous deux.... » Il était mort aussi!

Ah! que ne puis-je encor, remontant en arrière,
Redevenir l'enfant assis près du foyer;
Ecouter les récits de ma vieille grand'mère
En essuyant mes pleurs avec son tablier!

ELLE N'EST PLUS!

En vain l'éclat du jour vient frapper sa paupière,
En vain nous l'appelons à travers nos sanglots,
Ses yeux sont pour jamais fermés à la lumière
    Dans l'éternel repos.

Elle est là, pauvre enfant, sur sa funèbre couche,
Les mains jointes encore en adressant à Dieu
Sa dernière prière; et l'on voit sur sa bouche
    Le sourire d'adieu.

D'adieu, pour cette mère éperdue, éplorée,
Succombant sous le poids d'une immense douleur,
Et pour qui cet amour d'une fille adorée
    Etait tout le bonheur.

D'adieu pour cette vie, où dans sa douce ivresse,
Elle avait espéré pouvoir vivre toujours.
D'adieu pour sa beauté, d'adieu pour sa jeunesse,
    D'adieu pour ses beaux jours

Et pour ce fiancé dont la brûlante flamme
A cette douce enfant confia son bonheur,
Et qui pleure aujourd'hui celle qui de son âme
    Etait la tendre sœur.

Pauvre enfant qui croyait au bonheur sur la terre'
Elle avait espéré jusques au dernier jour
Dans les bras d'un époux, sur le sein d'une mère
   Vivre de leur amour.

Mais l'implacable mort, en étendant ses ailes,
Vint arracher la vie à ce souffle léger.
Et sur son front pâli, les froides immortelles
   Remplacent l'oranger.

Oh ! qu'elle est belle ainsi dans sa blanche parure,
Doucement endormie aux chants des trépassés,
Tandis que sur son front sa blonde chevelure
   Retombe à flots pressés.

Son regard fixe et pur, sondant le grand mystère,
Semble avoir entrevu la céleste clarté ;
Et sur ses traits, empreints d'une grâce dernière,
   On lit : Eternité

Abandonnant la terre où tout n'est que souffrance,
L'enfant à son aurore a fermé ses beaux yeux.
Elle s'est endormie au sein de l'espérance,
   Pour s'éveiller aux cieux.

ÉLAN VERS L'IDÉAL.

L'amour est une fleur délicate et craintive
Qui cherche le mystère et l'ombre du secret,
Et qui se ferme ainsi que l'humble sensitive
A qui vient l'effleurer de son doigt indiscret.

Son parfum pénétrant se glisse dans notre âme,
L'enivrant pour toujours par sa suavité
Notre cœur embrasé par une ardente flamme
Voudrait pour cette fleur créer l'éternité

Son calice est si pur, sa corolle est si belle,
Elle a sur notre cœur des charmes si puissants,
Que l'homme disparaît, que l'ange se révèle,
Et que l'âme un instant vient commander aux sens.

Mais reprenant, hélas ! les chaînes de l'esclave,
Nos désirs trop souvent profanent cette fleur,
Que l'on ne peut garder si pure et si suave
Qu'en l'arrosant du sang et des larmes du cœur.

Laissons s'épanouir cette fleur sur sa tige.
Respirons son parfum, contemplons sa beauté,
Mais ne permettons pas qu'un instant de vertige
En altère jamais l'auguste pureté.

MOKRADAN

———

Enfants, n'allez pas sur la grève ;
L'ouragan va gronder ce soir :
L'autan impétueux s'élève ;
L'éclair brille dans le ciel noir.

Déjà de son aile légère
La mouette a rasé les flots.
Le milan, planant sur son aire,
De ses cris frappe les échos.

Au premier signal de l'orage
Le pêcheur regagne le port.
Il rame, il lutte avec courage,
Mais son bras trahit son effort.

Déjà la force l'abandonne ;
Sous les flots il va s'engloutir...
Mais il a prié la madone.
Qui l'implore ne peut périr.

Enfants, regagnons la demeure
Avant l'approche de la nuit,
Il faut rentrer ; c'est bientôt l'heure
Où dans l'ombre la voix gémit.

Si, dans ces heures de tempête,
Quand en fureur grondent les flots,
Sur la grève un pêcheur s'arrête,
Il croit entendre des sanglots.

Il croit, au milieu des ténèbres,
Sortant des vagues en courroux,
Entendre au loin ces cris funèbres :
« Priez pour nous ! priez pour nous ! »

C'est comme une voix déchirante
Qui pleure dans l'immensité ;
C'est comme une plainte mourante
Qui roule dans l'éternité.

C'est un cri, c'est une prière
Que l'écho redit mille fois.
Lorsqu'on l'entend dans la chaumière
Chacun fait le signe de croix.

Soudain au fort de la rafale,
Du sein des vagues surgissant,
On voit une ombre colossale
Glisser sur le roc écumant.

C'est un vieillard au front livide
Au regard terne, à l'œil vitreux·
Et, collés sur sa tempe humide,
On voit de verdâtres cheveux.

Enfants, cet horrible squelette,
Se drapant dans un linceuil blanc,
Claquant des dents, branlant la tête,
C'est le terrible Mokradan

Oui, c'est lui, c'est ce roi des ondes
Tant redouté par le pêcheur.
Quand il quitte les eaux profondes,
C'est un présage de malheur.

Jaloux, dit-on, de sa puissance,
Il ne peut calmer sa fureur
Quand il voit sur la mer immense
Glisser la barque du pêcheur.

Et quand au jour de la colère
L'Eternel soulève les flots,
Mokradan, dans son noir repaire,
Engloutit pêcheurs, matelots.

Et ces voix sortant des abîmes,
Que sur la grève l'on entend,
Ce sont les plaintes des victimes,
Des victimes de Mokradan.

« Priez pour nous, âmes pieuses,
« Oh! par pitié, priez pour nous ! »
Et leurs plaintes mystérieuses
Roulent sur la mer en courroux.

Et si quelqu'un par les nuits sombres
Ne passe à la grève en priant,
A son chevet il voit des ombres
Glisser silencieusement.

Et se drapant dans leurs suaires,
Elles lui murmurent tout bas :
« Il faut prier Dieu pour tes frères
« Ou pour toi l'on ne priera pas. »

Et si trois nuits sans intervalle
Elles vont le prier en vain,
L'impie un jour, dans la rafale,
Disparaît emporté soudain.

Son ombre aussi sur le rivage
Revient quand mugissent les flots,
Et l'on entend ses cris de rage
Entrecoupés par des sanglots.

Rentrons prier la sainte Mère
Pour qu'elle entende leur appel ;
Chacun de nous par sa prière
Envoie une âme dans le ciel.

A MON CIGARE.

Lorsque sur ma lèvre s'exhale
Ta fumée au parfum brûlant,
Quand je vois monter en spirale
Tes flocons aux reflets d'argent,

Quand mon regard suit dans l'espace
Les mille replis sinueux
De ce serpent qui s'entrelace
Et s'évanouit dans les cieux,

Mon âme pensive et rêveuse
Se reporte vers le passé,
Et de sa nuit mystérieuse
Fait surgir un monde éclipsé.

Songeant alors à ma jeunesse,
A son beau rêve évanoui,
Songeant à ces heures d'ivresse
Dont tout homme fut ébloui,

Je pense, que dans le nuage
Que tu fais en te consumant,
L'homme peut retrouver l'image
De la vie et de son néant.

Oui, bien souvent, pauvre cigare
Qui distrait mon oisiveté,
Oui, bien souvent, je te compare
A notre pauvre humanité.

Au creuset d'une vie ardente,
Nous aussi, nous nous consumons,
Et notre fumée enivrante
Est celle de nos illusions.

Elles s'envolent dans l'espace
Emportant nos rêves d'un jour,
Et sans jamais laisser de trace
S'évanouissent sans retour ;

L'âme pleine d'insouciance,
Nous les regardons s'enfuir ;
Tant qu'il nous reste l'espérance
Nous ne songeons qu'à l'avenir ;

Mais la flamme brûle sans cesse
Et dans un dernier flocon
Disparait de notre jeunesse
La dernière illusion.

Tendres amours, amitiés saintes,
Tout pour jamais s'est effacé ;
C'est dans quelques cendres éteintes
Que nous retrouvons le passé

www.ingramcontent.com/pod-product-compliance
Lightning Source LLC
Chambersburg PA
CBHW071256210626
46818CB00013B/1469